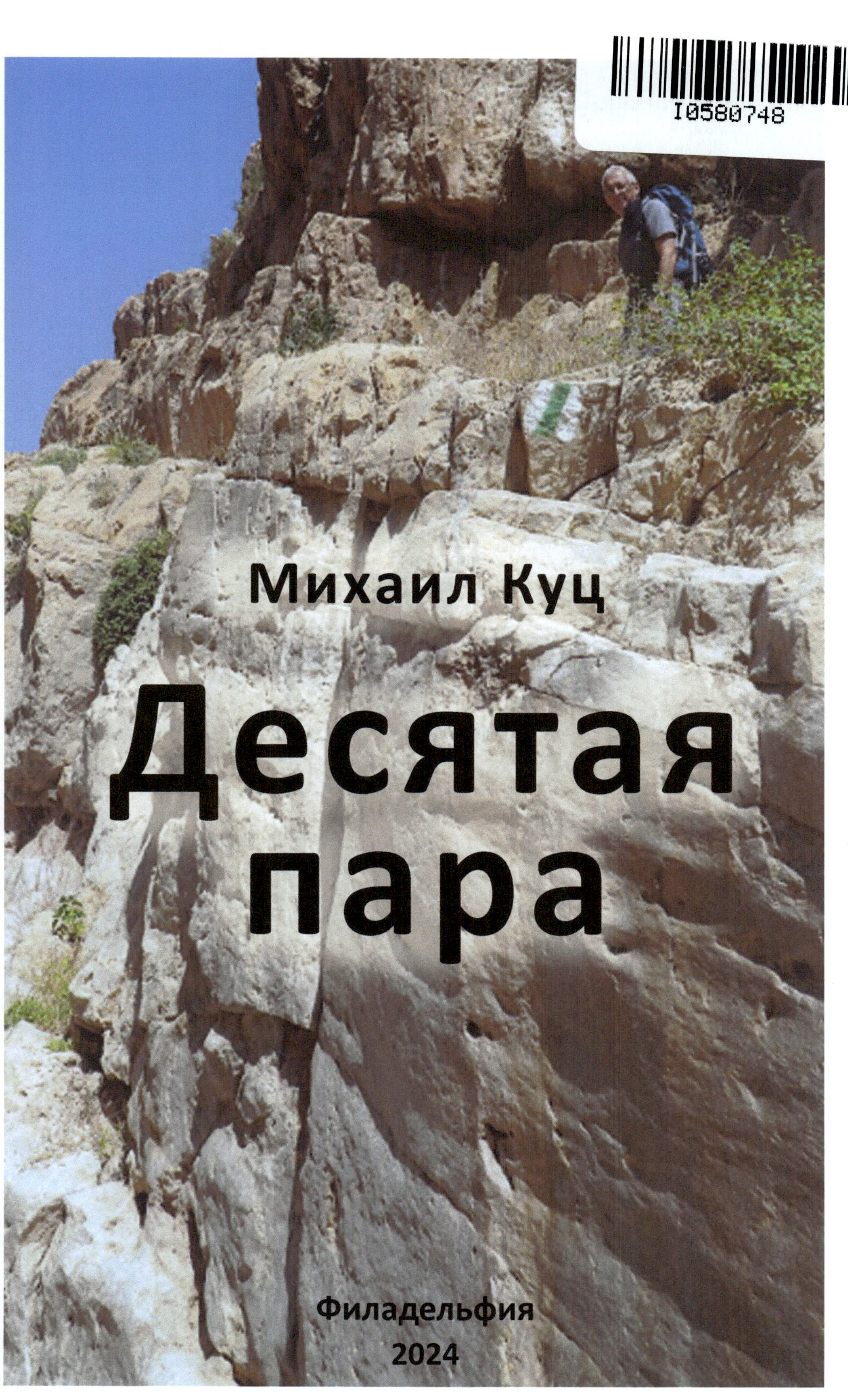

Михаил Куц

Десятая пара

Филадельфия

2024

Михаил Куц родился в 1954 году в г. Симферополе. С родителями подолгу жил в Западной Украине и в Мурманске. В 1976 году закончил Севастопольский приборостроительный институт (сегодня СевГУ).

В севастопольском КБ проектировал новые суда и плавучие буровые установки. Поскольку почти все объекты строились в других городах, приходилось много путешествовать, месяцами жить вдали от дома. Туризмом увлёкся ещё в школе.

В 1974 году стал инструктором горнопешеходного туризма. Прошёл много километров по Крыму. Путешествовал в горах Кавказа, в Карпатах, в Саянах. Именно в походе он встретил свою замечательную жену, Лену. Переехав в 1996 году в Израиль, Михаил ещё больше расширил горизонты своих походов и собрал надёжную команду сопоходников.

Стихи, собранные в этой небольшой книжке, приходили к нему сами, созвучные интересным событиям и, иногда, любимым песням.

Кстати, издателю стало известно, что Михаил недавно приобрёл одиннадцатую пару турботинок. Так что впереди ещё много троп и стихов.

Михаил Куц
Десятая пара. – Стихи и проза.
Филадельфия, 2024 — 53 с.
ISBN 978-1-7347862-7-9

Фото на лицевой стороне обложки: Жанна Сугира
Компьютерная вёрстка: Анна Бродская
Фотографии из архива автора.
Издатель: Павел Мостинский
Все права защищены.

Michael Kuts
Tenth Pair. – Poetry and prose.
Philadelphia, 2024 — 53 с.
ISBN 978-1-7347862-7-9

Front cover photo by Jeanna Sugira
Computer Design by Anna Brodsky
Photos from author's archive
Published by Paul Mostinski
All rights reserved.

Все стихи этой небольшой книжки не являются результатом упорного сидения за столом. Это реакция на какие-то события. Стих приходит сразу весь или значительная его часть. Например, стих "Камни" был написан за тридцать минут. Здесь нет пародий. Просто иногда хорошо известные произведения влияют на ритмику нового стихотворения.

Книжка и первый стих называются "Десятая пара". Для меня каждая изношенная пара турботинок является своеобразной вехой моей жизни, причём не только туристической.

С уважением,
Михаил

ДЕСЯТАЯ ПАРА

Надо подумать и вспомнить то время…
Шёл как-то по лесу я с рюкзаком.
Шёл я один, было холодно, темень.
Всё пропадало в тумане густом.

Группа, конечно, давно на приюте.
Ужин готовят, сидят у костра.
Я, после смены второй в институте,
Шёл по тропинкам, фонарик щадя.

Грязь под ногами, коренья и камни,
Ветки кустов из тумана торчат.
Напоминаньем обиды недавней
Список команды в ладони зажат.

Их имена незнакомы мне были
Все новички, это я не учёл.
Девушек мамы в поход не пустили,
Парень ленивый, он сам не пришёл.

Шёл я спокойно, места ведь знакомы.
Был здесь ведомым, сам группы водил.
За поворотом, зовётся "Содомый»,
Круто направо. Но бес пошутил.

Взял я налево. Зачем – не понятно.
Вроде темно, но тропинку видать.
Сам понимаю, что надо обратно,
Но продолжаю упрямо шагать.

Вдруг из тумана дымком потянуло
И костерок засветился в ночи.
Группа сидит, как-то выглядит снуло,
Только инструктор в глаза мне глядит.

«Ну, подходи, не волнуйся, однако.
Эти уже завершили свой путь.
Час не прошёл, как сорвались в Карпатах.
Я прилетел, посмотрел, просто жуть!"

«Там же, на месте, подправил немного,
Чтоб перед богом не стыдно стоять.
В рай по пути, так сказать по дороге,
Здесь привалился, тебя повидать".

«Что ж, молодец, как с рекламных картинок.
Долго тебе по тропинкам ходить.
Десять пар крепких туристских ботинок
Я назначаю тебе износить."

«Служба зовёт! Я с тобой не прощаюсь,
Пусть через годы, но встречу тебя"…
Ангел-инструктор в тумане растаял,
Только на небе мелькнула звезда.

Группа исчезла. Стою на тропинке.
Нужно идти, а в сознанье туман.
Годы считаю, маршруты, ботинки,
Тропы в Крыму и неведомых стран.

Как относиться к инструктора дару?
Долго ли буду туризму служить?
Я посчитал! Что десятую пару
К ста двадцати я смогу износить!

Эпилог

«Дорогая, я посчитал, что до приезда
в Израиль я сносил пять пар туристских ботинок.
А сколько здесь, может помнишь?"
«Помню! На днях мы купили тебе пятую пару.
Итого десятая!»

 14 января 2023 г.

КАМНИ

Отцу в день семидесятилетия,
как оказалось, и себе через 30 лет.
Легко я бегу по тропинке моей,
Не замечая лежащих камней.
Вот десять, пятнадцать и двадцать камней
Осталось лежать за спиною моей.

    Вот тридцать минуло, заботы сильней
    И камни крупней на дороге моей.
    Уже не прыжками, но быстро бегу,
    Слегка утомлённый, но ровно дышу.

А камни крупнее и чаще лежат,
Вот сороковый промчался назад.
Бегу всё быстрее, и камни гурьбой,
Как будто несутся навстречу рекой.

    И хоть я устал и неровно дышу,
    Но всё же бегу, всё быстрее бегу.
    Дела и заботы на шее висят,
    А камни стеной предо мною стоят.

Вот пятый десяток камней отсчитал,
На шаг перешёл и заметно устал,
Но всё же вперёд и ни шагу назад,
Не ожидая от жизни наград.

    И вот предо мною не камень - скала,
    Как будто кричит: "Ну, иди-ка сюда!"
    И цифры большие на ней: "Шестьдесят",
    В лучах заходящего солнца горят.

Хватаю верёвки и крючья беру.
Я лезу наверх и назад не смотрю.
Что было, то было, надежда ведёт.
Она умирает последней. Но вот

    Я вылез на кромку, хотел отдохнуть
    И думал продолжить по ровному путь,
    Но нету пути, каждый камень стена,
    Ну, что же, привычка нам свыше дана.

Десятая пара

Дорогу осилит идущий вперёд,
Упорных всегда уважает народ.
Другим быть нельзя, ведь за мною семья,
Я первым иду: "Ну-ка, делай как я!"

     К горе подошёл, вся вершина в снегу,
     И медленно вверх я по склону иду,
     И вижу на белом ряд тёмных камней.
     Да это же номер вершины моей.

Большая семёрка и ноль рядом с ней.
Счастливая цифра. Да, в жизни моей
Впервые она повстречалась в пути.
Уверен, поможет мне дальше идти.

     Залез! Тишина. Только сердце стучит.
     Внизу, за спиною, долина лежит.
     Оттуда я вышел. Куда же иду?
     Без страха на дальние горы смотрю.

И вижу зубцами вершины стоят,
Их много ещё, нескончаемый ряд.
Мне нужно идти, ведь за мною семья:
«Вперёд, молодцы! Ну-ка, делай как я!»

3 марта 1994 г., 25 мая 2024 г.

ПЕННИНЫ

*Посвящается Девятому легиону Рима,
бесследно исчезнувшему во время
войны с бриттами на острове Альбион.*

По траве холмов покатых
Апеннинских южных гор
Шли весёлые солдаты,
Любовались на простор.

Справа море голубое,
Слева пиния растёт.
В храм Венеры вдоль прибоя
Группа девушек идёт.

Эти горы и долины,
Просто райская земля.
Здесь бы жить с подругой милой
И не ехать никуда.

Но солдат всегда в походе,
Орлоносец впереди.
Легиону путь проложен
Через Галльские холмы.

Цезарь дал приказ: "На север!"
Завтра в путь, на Альбион.
«Эти бритты — просто звери», —
Так сказал центурион.

Альбионский вождь напрасно
Не желает понимать,
Что в империи прекрасно
Можно жить и процветать.

А поход не будет длинный,
Там похожие места.
Те же горы Апеннины,
Только лишь без буквы "А".

Там, конечно, тоже море,
Тоже пиния растёт
И брюнетка вдоль прибоя
В белой тунике идёт.

Третий год мы воевали
И всю Галлию прошли.
Авангарды увидали
Берега большой воды.

«Там пролив. Зовётся «Галльский»", —
Рассказал нам маркитант.
За проливом остров райский,
Ведь Пеннины наши там.

Переправа, первым делом.
Берег дальний, как стена,
И сверкает в небе сером
Скал далёких белизна.

Белый – "альбус», ну понятно,
Вот откуда "Альбион".
Время проведёт приятно
Наш Девятый легион.

Крепость Дубрис взяли с бою,
Пятый день уже в пути...
Нету пиний у прибоя!
И брюнеток не найти!

Только август – в лужах льдинки,
Пахнет тиной самогон,
Белоглазые блондинки
Не согреют даже днём.

Десятая пара

Ноги, попа мёрзнут вечно,
Здесь туники не нужны.
Каптенармус выдал нечто:
Называется "штаны".

А Пеннины – просто горе.
Больше топей, чем высот.
Пчёлы в вересковом поле
Собирают горький мёд.

Легион вперёд шагает,
На душе у всех тоска.
Что в Пеннинах не хватает?
Не хватает буквы «А».

12 ноября 2016 г.

ДОЖДЬ В КЛЯГЕНФЮРТЕ

На Вёртер-Зее дождь идёт
И туч, и волн перемешенье.
Приезжий сразу не поймёт
Где горизонта разделенье.

В пивбаре кружек ряд висит,
Но бармен глаз в мобильник косит.
Никто к нему не поспешит
И пива хладного не спросит.

Полчашки кофе на столе...
Разводит дождь напиток крепкий.
Витрина, капли на стекле.
Спешит домой прохожий редкий.

А мы под зонтиком стоим
И Клягенфюрта карту держим.
Как много мест... не посетим,
Обмытых дождиком неспешным.

Одно спасенье - магазин.
Все три часа мы там проводим,
Единой нитки не купив,
Чуть обалдевшие выходим.

Промокший движется народ,
Над Вёртер-Зее тучи бродят.
Автобус, словно пароход,
От Клягенфюрта в рейс отходит.

Пост пограничный на замке.
Мелькают мокрые селенья,
Всё те же капли на стекле,
Встречай умытая Словенья.

Поездка из Словении в Клягенфюрт (Австрия) и обратно, июнь 2013 г.

SISLEY
MAIRINGER
RADO
MAIRINGER
SCHMUCK
OBERSTEINER

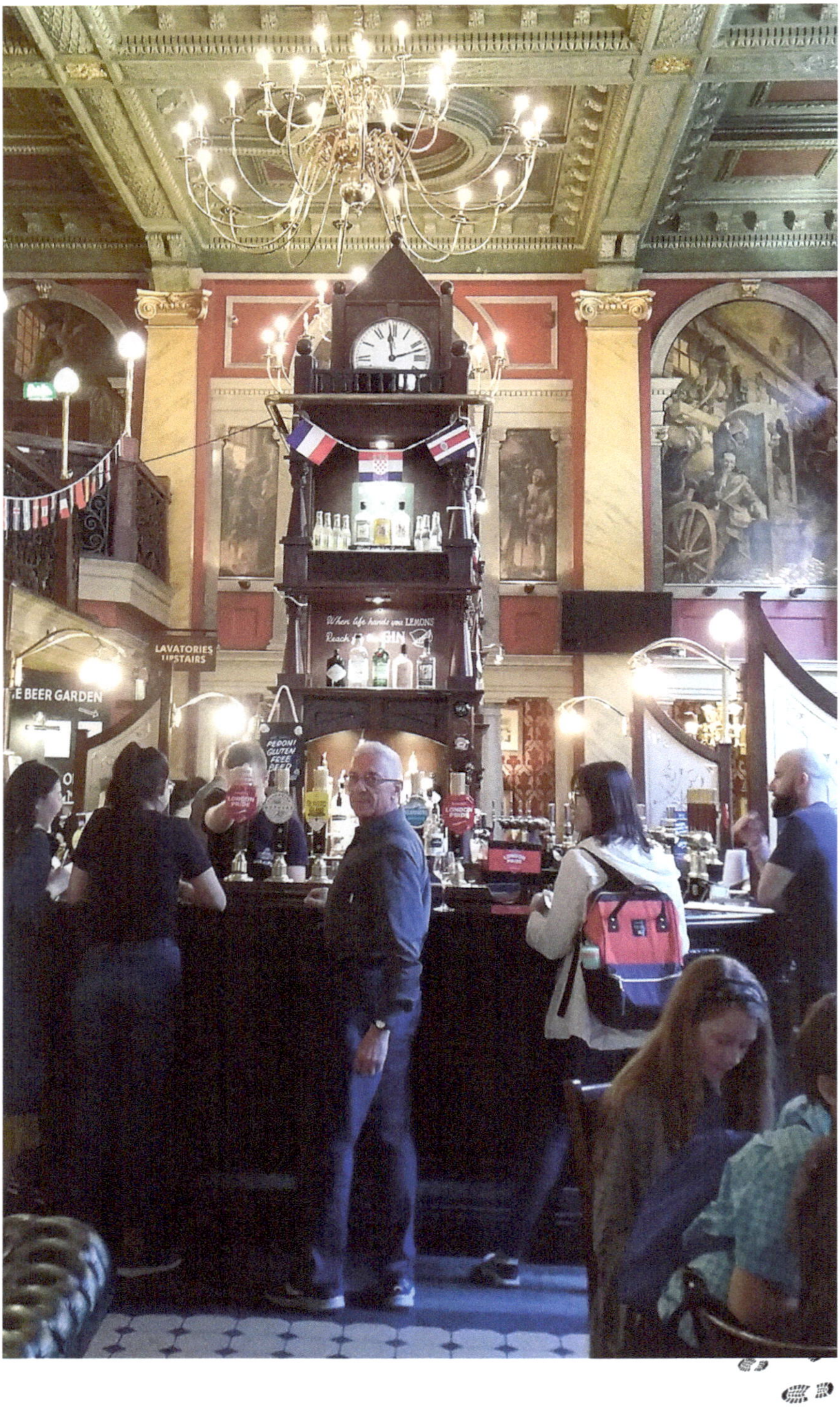
LAVATORIES UPSTAIRS
BEER GARDEN
When life hands you LEMONS

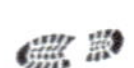

ПИВБАР "НЕХСТ"

Уж в этом чайнике нельзя,
Должно быть, воду греть,
Но как нам хочется, друзья,
На чайник тот смотреть!
«В музее Ленина» С. Михалков

В йом хамиши с женой моей
Мы вышли со двора;
«В пивбар пойдём, пошли скорей!»-
Сказала мне жена.

Вот через город мы идём,
В промзону. Наконец
Находим неприметный дом -
Пивбар с названьем "Нехст».
Народ здесь явно веселей,
Шумит и пиво пьёт;
И память юности моей
Передо мной встаёт.

Вот стойка, стулья и столы;
Пивное здесь гнездо;
Бутылок стройные ряды
И старой бочки дно.
Бочонок этот уж нельзя
Для дела применять,
Но как мне хочется, друзья,
У бочки той стоять.

Прошли неспешно через зал,
И в шумной суете
"Смотри,"- супруге я сказал:
"Артисты уже здесь."
Парнишка тащит барабан,
Он будет выступать,
Задел кого-то, тот сказал...
Вам лучше не слыхать.

Десятая пара

Гитара, клавиш два ряда,
Ударник молодец -
И джаза бурная река
Прорвалась наконец.
Мы разомлели, пиво пьём,
О чём-то говорим,
Креветки в соусе с вином,
Свининку, сыр едим.

А рядом скромный паренёк,
Как-видно из "Бейтар»,
Ел индюшиный шашлычок
И "Колой" запивал.
Он здесь родился иль "ватик»,
Его мне не понять;
Зачем ему в пивбар идти?
Чтоб "Колу" заказать?

Потом мы шли сквозь тишину
И я смотрел окрест...
Когда я снова попаду
В пивбар с названьем "Нехст»?

15 марта 2004 г.

ПОКУПКИ В АРМИЮ

Если ты служить собралась,
То есть, в армию призвали,
Ты должна ко службе этой
Подготовится серьёзно.

    Ты купи себе ботинки,
    Брюки, куртку и рубашки,
    Вещмешок большой и крепкий
    И постельное бельё;
Автомат купи хороший,
Я советую советский,
Что Калашников придумал,
Это лучший автомат.

    Если чувства патриота
    Давят на душу и сердце,
    Покупай, конечно, "Узи",
    Слышал, тоже, ничего...
А дальнейшие покупки
Мы сегодня знать не можем.
Крейсер, пушка, истребитель,
Танк иль бронетранспортёр?

    Ты служи спокойно, дочка;
    Тыл и армия едины;
    На патроны денег хватит
    И в подарок можно дать!

8 марта 2000 г.

ФОНДЮ

> *Метель лепила на стекле*
> *Кружки и стрелы.*
> *Свеча горела на столе,*
> *Свеча горела.*
> *«Зимняя ночь» Б. Пастернак*

Шагал шабат по всей стране,
Во все пределы.
Горели свечи на столе,
Семья сидела.
    И дети, словно мошкара,
    К столу летели,
    Четыре бросив башмака
    У самой двери.
Шани присела рисовать
Кружки и стрелки,
Шакед успела пожевать
С чужой тарелки.
    Жена торопится, спешит,
    Взбивает сливки
    И горький шоколад крошит
    В глубокой миске.
Качалась тень на потолке,
Свеча горела,
Фондю стояло на столе,
Фондю кипело.
    И шоколадный аромат
    Струёй соблазна
    Шабат усилил во сто крат
    Своеобразно.
И отодвинувши во мглу
Проблемы смело,
Стояло на столе фондю,
Фондю кипело.

Банан, клубничка, маршмала
Упали на пол
И чёрный, липкий шоколад
На скатерть капал.
Но счастья блеск в глазах детей
Важны нам очень,
Хоть в шоколаде до ушей
И лоб, и щёки.
Шабаты шли по всей стране,
И то и дело
Фондю стояло на столе,
Фондю кипело.

Апрель 2013 г.

ВЕШАЛКА

Я шкаф открыл - на штанге, сбоку,
Увидел вешалку для брюк.
Она была так одинока
Среди обвешанных подруг.

    Ещё вчера она блистала -
    Дружила с джинсами она.
    Губами крепкими сжимала
    Штанины друга до утра.

Всю ночь тянулись разговоры,
А джинсам было что сказать:
Из шкафа, каждый день, на волю
Ходили джинсы погулять.

    Но вешалка всегда молчала.
    И как тут можно говорить,
    Когда она во рту держала
    То, что обязана хранить.

А утром быстрое прощанье
И ожиданье целый день,
И нет ни силы, ни желанья
Противиться судьбе своей.

    Она любила джинсы эти,
    Тая любовь свою в душе,
    И в те часы, что были вместе,
    Держала губы на замке.

Любимых джинсов век не долог.
Известна нам штанов судьба:
Зелёный бак, подъёмник, шорох -
И снова вешалка одна.

    Она грустит, хранит надежду,
    И верит в счастие своё:
    Есть человек, что шьёт одежду,
    Готовит друга для неё.

Осень 2012 г.

ДУБ МОРЁНЫЙ

Там чудеса: там леший бродит,
Русалка на ветвях сидит...
«У лукоморья дуб зелёный»
А. Пушкин

В столярке, справа, дуб морёный,
Налево ДээСПэ стоит.
Там сэндвич с пластиком слоёный,
На антресолях шпон лежит.
    Станок токарный громко стонет.
    Лишь солнце крыши осветит
    Народ столярный стружку гонит.
    Там днём и ночью пыль висит.
Там на невиданных машинах
Стругают, режут и сверлят,
В чудесно выгнутых струбцинах
Детали клеены стоят.
    Там меж станков заказчик бродит.
    Он хочет получить скорей
    Для дома, что в Герцлии строит,
    Детали окон и дверей.
Как-будто чешуёй сверкает
Шлифовщик пыльный весь в поту.
Он взору нашему являет
Узоров дивных красоту.
    Красилка, лак. Любой затужит
    Больной страдая головой.
    Араб Салих там верно служит,
    Украшен цепью золотой.

Хозяин там в конторке чахнет.
Там пыльный дух!
        Там клеем пахнет!

21 ноября 2010 г.

ЕЩЁ ТЕПЛО...

Ещё тепло,
    Но лёгкие туманы по утрам;
В закатном солнце
    Облака на небе тают;
Мелькают паутинки тут и там
    И журавли,
Среди оставшихся подсолнухов,
                гуляют.

Осень 1999 г.

Стих был написан в момент установки букета стрелиций в вазу.

ГЕРАКЛИТ

«Всё течёт – всё меняется»
Гераклит (544 г. до н.э. – 483 г. до н.э.)

Однажды Гераклит стеная
Поднялся с мокрого песка
И прошептал: «Вода другая!
Сегодня, завтра и вчера!»

Кусты, обрывы и каменья;
Холмы на дальнем берегу
Всё неподвижно, но стремленье
Воды понять я не могу.

Вот сунул грека руку в реку,
На пальцы мокрые глядит.
Как мало надо человеку,
Что бы улучшить его быт!

Да, я философ, нет сомненья,
Но смело я скажу друзьям,
Что нету больше наслажденья,
Чем плавать в речке по утрам.

Март 2023 г.

УДАЛЕНЬЕ

Кто ошибется, кто угадает -
Разное счастье нам выпадает.
«Черное и белое»
М. Танич

Мы удаляем, нам удаляют,
Что удаляют, не возвращают.
Может к несчастью, может к спасенью
За удаленьем идёт удаленье.

Волосы, брови, родинки, зубы,
Гланды большие - источник простуды.
Вот и аппендикс ушёл безвозвратно:
Он удалён - я зашит аккуратно.

Желчный пузырь, мной почти позабытый.
Он оказался камнями набитый.
Жёстко сказал мне хирург: "Удаляем!"
Печень одна лишь пузырь вспоминает.

С мениском тоже врачи разберутся.
Словно щербатое, старое блюдце.
Десять осколков в коленке гуляют,
Но я спокоен, ведь их удаляют.

В прошлом века, что достойны печали.
Глупые головы с плеч удаляли.
Нынче в науке есть продвиженье:
В казни обходимся без удаленья.

25 мая 2009 г.

THIEF

СОРРЕНТО

> *На вечернем сеансе*
> *В небольшом городке*
> *Пела песню актриса*
> *На чужом языке...*
> *«Это было недавно...»*
> *М. Матусовский*

Как давно это было,
Не припомню сейчас.
Патефона пластинка
Всё вертелась у нас.
Пел нам песню Роберто
На чужом языке
И вернуться в Сорренто
Мне хотелось уже.

Разве мог я подумать,
Мог представить тогда,
Что Везувий увижу
Просто так, из окна.
Что с любимой Сиреной
По Сорренто пройду.
Остров Капри воспетый,
Монте Соле в цвету.

Побережье Амальфи
И дорога – змея.
Там мечта – Позитано
Ожидает меня.
Соррентийские виды
Предо мной, как в кино.
Это было недавно.
А как будто давно.

23 октября 2014 г.

СЛЕДЫ

Маме в день восьмидесятилетия.

Никто не вправе заглянуть
За горизонт грядущих лет.
Какой нам предначертан путь?
Какой оставим в жизни след?
    Но те следы, что позади,
    Мы видим очень хорошо.
    Из Крыма было три пути:
    На Север, Запад и Восток.
Эвакуация в Бишкек.
В киргизской продувной степи
Где летом пыль, зимою снег
Мы видим первые следы.
    Потом на Запад держим путь.
    Там Жолква - древний городок;
    В Судову Вишню заглянуть -
    Там пани дохтурша живёт.
Вот Мурманск, улица, фонарь
И от крыльца лыжня ведёт.
Здесь Север, ночь, холодный край.
Но южный край к себе зовёт.
    Домой, на Родину, на Юг.
    Встречай нас крымская земля.
    Здесь степи, горы, моря круг
    И терпкий запах чабреца.
Здесь моряки, здесь корабли,
Здесь рубежи страны.
Южнее нет для нас земли,
Южнее лишь враги.
    Но вот настали времена:
    Прочистили мозги,
    С ворот замки, с глаз пелена,
    Враги уж не враги.

Здесь, на израильской земле
Находим мы следы.
Вот только жаль, что на Луне
Не побывала ты.

2 марта 2009 г.

СОН В ШУМНУЮ НОЧЬ

И я познаю мудрость и печаль,
Свой тайный смысл доверят мне предметы.
Природа, прислонясь к моим плечам,
Объявит свои детские секреты.
«По улице моей который год...»
Б. Ахмадулина

У дома моего, который год,
Машины мчат, дорог пересеченье
И для удобства сделано кольцо,
Чтоб обеспечить для машин круженье.

Они кружат, колёсами скрипя,
Круг замыкая долго и прилежно.
Я вспоминаю, в потолок глядя,
Зажатый грифель в циркуле железном.

Вот я уснул. И вдруг из темноты
Машины рёв и треск мотоциклета
Ломая мои детские мечты
Поспать ещё, хотя бы до рассвета.

Ещё фонарь, как бедный сирота,
Глядит в окно и взгляд свой не отводит.
И мудрость, и печаль от фонаря.
Мой сон ему, как видно, не угоден.

А с неба раздаётся страшный вой.
Стремясь в аэропорт под Модиином,
Огромных самолётов длинный строй
Творит в душе моей ужасные мотивы.

Но где-то далеко в лесной тиши
Бежит лиса, обед свой вспоминает.
Двух цыпочек прекрасные черты
То появляются, то исчезают.

Как хочется в читальном зале быть
И книгу положить спокойным жестом
И поднести лицо, глаза закрыть,
И ощутить дремоту, как блаженство.

12 ноября 2019 г.

СРОК

> *«Время, что мы живём вместе,*
> *мне надо защитывать год за два,*
> *как на севере или как на*
> *вредном производстве."*
>
> *Моя жена*

Эти розы, как награду,
За терпение прими;
Каждый год, что были рядом,
Если хошь, за два зачти.
    Всё равно, моя родная,
    Как ты годы не считай,
    Ты мне люба, дорогая,
    Ты мне люба. Так и знай!
Так сказал тебе когда-то
И позвал тебя в поход
Не на год иль два, однако...
А пятнадцать — это срок!
    Видно, есть у нас везенье,
    В том сомнений больше нет:
    Мы в совместном заключеньи
    Полтора десятка лет.
Счастлив я, могу признаться,
И хочу сказать тебе:
Срок ещё один, лет двадцать,
Назначаю я себе.
    А затем не за горами,
    Лишь спустя пятнадцать лет
    Наша свадьба золотая,
    Нашей жизни полувек.
Ну, а дальше, как придётся,
Я амнистии не жду.
Срок любой, сколь сердце бьётся,
Я с тобою отсижу.

23 октября 1996 г.

БЕЛЫЕ СЛОНЫ

Под вечер, шумною гурьбой,
Слоны идут на водопой.
И рано утром у воды
Толпятся серые слоны.

    Меж ними двадцать есть слонов,
    Белее белых облаков,
    Белее снега на горах,
    Белее пены на волнах.

Известно, к счастью белый слон,
Но редок в этом мире он.
Мы приближаем счастья миг,
Мы из фарфора лепим их.

    На полку ставим, на трюмо
    И ждём, чтоб счастье к нам пришло,
    А если счастье не идёт,
    К семёрке купим мы приплод.

Но мне не нужно покупных,
Придумал я себе других.
Мои слоны - мои года,
С момента, что узнал тебя.

    И каждый год в моём полку
    Всё прибывает по слону.
    Идёт, сверкая, белый строй.
    Идут слоны на водопой!

23 октября 2001 г.

Двадцать лет со дня свадьбы

ЧЕТВЕРТЬ ВЕКА

Что такое четверть века?
Это долгие года
Для иного человека
Не любившего тебя.

Двадцать пять - конечно много,
Если кто-нибудь другой
Посчитает свои годы,
Что не связаны с тобой.

Если это годы вместе,
Что прожили мы уже,
Двадцать пять - большая песня,
Что звучит в моей душе.

Четверть века — это мало,
Если вместе нам идти.
Верю, это лишь начало,
Вся дорога впереди!

23 октября 2006 г.

НАПЕРЕКОР ВОЛНЕ

Скажи-ка, жёнка, ведь не даром
Плывёт всё дальше наша пара
Сквозь страны, города.

Ведь были лодки расписные,
Что с помпой в море уходили,
Что вспоминала вся Россия
Как день Бородина.

Одни сегодня у причала,
Другие начали с начала,
А третьи уж на дне.

Но мы плывём по бурным водам
Наперекор всем непогодам,
Ветрам, штормам, дождям и годам,
Наперекор волне.

23 октября 2011 г.

НА СМЕРТЬ МУХИ

Сонная зимняя муха
Тихо ползла по столу...
Я размахнулся от уха
И врезал ей по хвосту.

    Вздрогнули ножки и крылья
    Хрустнула головогрудь -
    В мрачном углу, среди пыли
    Муха окончила путь.

Часто так в жизни бывает:
Тихо живёшь, не спешишь,
Вдруг что-то свыше ударит -
И в уголочке лежишь.

    Были какие-то планы,
    Фантазии были, мечты,
    Только вот дальше дивана
    Эти мечты не пошли.

Простыни на пол струятся,
Место в небесном углу...
Белые мухи садятся
На хризантемы в саду.

    Видишь, край неба качнулся
    И океан задрожал:
    Кто-то уже замахнулся,
    Руку слегка задержав.

Между замахом - ударом
Есть ещё в жизни дела.
День, что пришёл как подарок,
Надо насытить сполна!

Март 2012 г.

ШКАФ

Мужики своим любимым
Дарят броши и колье,
Двухэтажные квартиры,
Заграничные турне.

Дарят виллы и машины,
И тигровые манто;
Я же шкаф дарю родимой.
Шкаф... - и больше ничего.

12 ноября 1998 г.

ХАЛАТ

Любовь и Лена буквою единой
Объединились раз и навсегда.
Халат бордовый я дарю любимой,
Чтоб согревались тело и душа.

    Халат бордовый — это символ счастья,
    Залог уюта, неги и добра.
    В халате этом всякие ненастья
    Проходят, как меж пальцами вода.

В халате можно спортом заниматься,
Работать, спать и песни петь.
В халате можно в "супер" прогуляться
И, даже, можно в космос полететь.

    Живи в халате — это так приятно
    В махровых складках скрыться с головой
    И относиться ко всему халатно,
    И не бежать вперёд, как заводной.

Халат - основа мировосприятья!
В бордовых стенах тихо и тепло.
Жизнь хороша и можно не бояться
И в будущее смотрится легко

12 ноября 2004 г.

ПОМОЩНИК

В одном доме жили мужчина, женщина и … веник. Женщину веник любил. Она часто брала его на руки, купала, расчёсывала и говорила: "Ты мой главный помощник".

Мужчину веник не любил. Глава дома подметал пол только, если умудрялся что-то разбить. Мужик грубо хватал веник и так сильно прижимал его к полу, что у бедного веника трещали все прутики. Веник страдал физически и морально. Ему было стыдно, что после уборки, в которой он, веник, участвовал, на полу остаётся много мелкого битого стекла.

Однажды мужчина сказал женщине:" Дорогая, ты сильно устаёшь, убирая квартиру. Давай купим тебе помощника: робот-пылесос".

Три дня женщина радостно восклицала:" Ах, какой пылесос умный, какой он шустрый!" Забытый веник стоял в своём углу и страшно ревновал.

Вечером третьего дня женщина взяла веник на руки и сказала: "Эта кастрюля не сметает пыль с плинтусов, плохо вытирает углы, а под диван вообще залезть не может. Только ты мой главный помощник"

Март 2022 г.

МОТОРЧИК

На завод "Тесла", выпускающий электроавтомобили, пришла партия электромоторов. Среди них был Моторчик. Он очень радовался, что попал на автозавод. Ведь работая в автомобиле, можно увидеть весь мир! Нет, Моторчик не рассчитывал быть главным двигателем и крутить колёса. Он был для этого слабоват. Но в машине есть много других интересных мест. Например, двигать дворники.
Работа важная и видна дорога.

Но Моторчику не повезло. Его поставили поднимать и опускать стекло левой задней двери. Это было худшее место. Во-первых, ничего не видно, а во-вторых, Моторчик отчаянно скучал. Он завидовал остальным трём моторчикам, особенно левому переднему. Этот работал каждый день. Моторчик даже полюбил противного мальчишку шести лет, которого раз в неделю куда-то отвозили. Его сажали сзади слева. Пацан всю дорогу канючил и пинал ногою дверь. Но ребёнка укачивало, и водитель открывал все окна.

Так прошёл год. Однажды машина попала в тяжёлую аварию. Нет! Никто серьёзно не пострадал! Погиб только автомобиль, спасая своих пассажиров. Весь корпус, кроме задней левой двери, был смят... Машину отправили на свалку.

Однажды к брошенным машинам пришёл подросток из кружка "Умелые руки". Он строил летающую модель электросамолёта. У него уже были микромоторчики для закрылок и хвостового оперения, не хватало только мотора для пропеллера. Умелец вскрыл уцелевшую дверь и достал необходимую деталь. В тот же день Моторчик был установлен в носовой части самолёта и на его ось закрепили пропеллер. Теперь все называли Моторчик уважительно: "Главный электродвигатель".

Наконец наступил день лётных испытаний. Моторчик весело загудел, пропеллер закрутился, самолёт напрягся, разбежался, чуть подпрыгнул и полетел.

Моторчик увидел весь мир!

Декабрь 2022 г.

СОДЕРЖАНИЕ

От автора 5

Десятая пара 7

Камни 9

Пеннины 12

Дождь в Клягенфюрте 16

Пивбар «Нехст» 19

Покупка в Армию 21

Фондю 22

Вешалка 25

Дуб морёный 26

Ещё тепло 28

Гераклит 31

Удаленье 32

Сорренто 35

Следы 36

Сон в шумную ночь 38

Срок 40

Белые слоны 43

Четверть века 44

Наперекор волне 47

На смерть мухи 48

Шкаф 49

Халат 50

Помощник 51

Моторчик 52

www.ingramcontent.com/pod-product-compliance
Lightning Source LLC
Chambersburg PA
CBHW042035180726
48295CB00006B/109